FLEURS ET FRUITS

DE SOLITUDE

DÉDIÉS

A S. EXC. M. LE MINISTRE DE L'INSTRUCTION PUBLIQUE

PAR

CLOVIS BESSON

Professeur d'Histoire et de Français, ancien élève de l'Institution
des Jeunes Aveugles

AUTEUR DES LOISIRS LITTÉRAIRES

Nouvelle Édition

BORDEAUX

IMPRIMERIE ADMINISTRATIVE RAGOT, RUE DE LA BOURSE, 11-13

1875

FLEURS ET FRUITS

DE SOLITUDE

FLEURS ET FRUITS

DE SOLITUDE

DÉDIÉS

À S. EXC. M. LE MINISTRE DE L'INSTRUCTION PUBLIQUE

PAR

CLOVIS BESSON

Professeur d'Histoire et de Français, ancien élève de l'Institution
des Jeunes Aveugles

AUTEUR DES LOISIRS LITTÉRAIRES

Nouvelle Édition

BORDEAUX

IMPRIMERIE ADMINISTRATIVE RAGOT, RUE DE LA BOURSE, 11-13

1875

Monsieur,

Je lis, en tête de votre nouvelle édition des *Fleurs et Fruits de solitude*, la lettre de félicitation que je fus heureux de vous adresser, il y a quelque temps, à l'occasion de l'édition précédente. Que pourrais-je ajouter, sinon confiance et courage? Les parfums de foi et de piété qui s'exhalent de votre poésie me donnent l'assurance que vous connaissez la source divine où les affligés vont puiser la consolation. N'en doutez pas, Dieu vous tiendra compte des épreuves auxquelles vous soumet sa Providence. Si les rayons du soleil n'éclairent pas vos yeux, l'Esprit-Saint illumine votre âme et lui ouvre les plus consolants horizons. L'aurore de la lumière éternelle se lèvera pour vous, et avec elle les splendeurs de la vision béatifique. Continuez donc à faire des vers. Quand ils ont Dieu et la Religion pour objet, c'est une occupation noble et sainte. La Muse chrétienne est une autre Antigone qui vous guide et vous encourage. Les accords de sa lyre, sanctifiés par la grâce, endorment vos chagrins et vous procurent une salutaire diversion ; et quand le jour vous paraît trop sombre, quand la coupe des afflictions déborde, que votre pensée se tourne vers le Christ. Il vous initiera au glorieux mystère de la croix, en vous disant : « Bienheureux ceux qui souffrent, parce qu'ils seront consolés ! »

Tout à vous.

† FERDINAND Cardinal DONNET, Archevêque de Bordeaux.

A MONSIEUR V. L...

———

Bien que n'ayant pas l'avantage
D'être connu de vous, je veux
Vous offrir le sincère hommage
De mes ardents et justes vœux ;
Pour que votre persévérance
Dans votre foi des anciens jours
Puisse, selon notre espérance,
Être bien comprise toujours.

Landais de cœur et de naissance,
Vous avez droit au souvenir
De ceux dont la reconnaissance
Voit dans le passé l'avenir.
Vous avez, en des temps d'épreuves,
Ayant en mains un grand pouvoir,
A la France donné des preuves

— Qui l'ignore doit le savoir —
D'un talent que personne au monde,
Certes, ne vous contestera,
Et d'une loyauté profonde
Que de longtemps on n'oubliera.

Avec prudence, avec courage,
Vous sûtes, étant au pouvoir,
Conjurer, enchaîner l'orage,
Comme c'était votre devoir.
Que de fois la jalouse haine,
Comme aussi le zèle envieux,
Dans l'ombre auraient frappé sans peine
Si vous aviez fermé les yeux !
Mais vous êtes un de ces hommes
De justice et de liberté,
Qui sont, dans le siècle où nous sommes,
Bien rares comme qualité.

Avant tout, la chose publique,
Nous en avons le doux espoir !
Guidera votre politique,

Et vous saurez pour le pouvoir

Être juste autant que sévère,

Selon que du pays le bien

Vous conseillera de le faire;

Vous montrant en tout le gardien

Ferme, courageux et fidèle

Des intérêts et des besoins

De ceux dont la foi vous appelle,

Qui se commettent à vos soins,

En tous lieux et toujours sans feinte,

Vous combattrez l'ambition,

Et vous accomplirez sans crainte

Votre sublime mission ;

Vous saurez contre l'arbitraire

Protester sans cesse, et surtout

Etant de la loi mandataire

Elle aura votre appui partout.

Vous direz de l'économie

Les avantages précieux,

Comme des emprunts la folie.

Faisant merveilles en tous lieux,

Vous direz du propriétaire

Les impôts croissant chaque jour,
Ainsi que la loi militaire
Digne en tous points de notre amour.

Si, comme c'est notre espérance,
Nous vous avons pour député,
Vous demanderez pour la France
La paix avec la liberté.

A Madame R...

A l'occasion de sa fête

Croyez-le, c'est avec bonheur
Que, pour votre fille chérie
Et pour vous, du fond de mon cœur,
En ce jour de fête je prie
La Vierge que, dans son amour,
A son fils Dieu donna pour mère,
Et dont ce Dieu, fait homme un jour,
Nous fit les enfants du Calvaire.

Si par elle sont exaucés
Les vœux de ma reconnaissance,
De vos ans seront effacés,
Et c'est ma plus chère espérance,

Les chagrins amers, les douleurs
Qui flétrissent et brisent l'âme,
. Et vos yeux étrangers aux pleurs
Bien longtemps resteront, Madame.

Oui, si celle dont en ce jour
Les séraphins et les archanges,
Ivres d'allégresse et d'amour,
Célèbrent au ciel les louanges :
Chants pleins de charmes infinis
Que, du couchant jusqu'à l'aurore,
Aux pieds de ces autels bénis,
Ici-bas on redit encore ;

Si celle dont le nom si doux
Devint votre nom au baptême,
Et qu'invoque avec moi pour vous
Votre ange gardien qui vous aime,
Des souhaits ardents de mon cœur
Accepte le sincère hommage :
Santé, prospérité, bonheur,
Seront toujours votre partage.

Vous verrez, payant de retour,
Vos soins, vos baisers, vos tendresses,
De vos très-chers enfants l'amour
Vous entourer de ses caresses.
Sous vos regards ils grandiront
Pour votre orgueil, sans aucun doute,
Et de la vie ils apprendront
A se joncher de fleurs la route,
En séchant comme vous les pleurs
De qui, dans l'ombre et le silence,
Venant leur dire ses douleurs,
En eux mettra son espérance.

ÉPITRE

Puisque dans votre cœur pour moi l'indifférence
A fait place à l'oubli contre mon espérance,
De m'en convaincre, hélas ! tout me fait un devoir.
Il faut, puisque j'en ai le droit et le pouvoir,
Que, fidèle à ma vieille et très-chère franchise,
Bien haut, avec regret, aujourd'hui je vous dise
Que je ne pensais pas trouver dans votre cœur,
Dont la tendre amitié fit du mien le bonheur,
Un changement si prompt que j'affirme sans cause
Pour ce qui me concerne : évidente est la chose,
Et je le prouverais s'il en était besoin.
Mais je suis, pour raison, à tous égards bien loin
De prendre cette peine, ayez-en l'assurance ;
Non, ce serait donner beaucoup trop d'importance
A votre affectueux et loyal souvenir,
Qu'un passé tout nouveau devait dans l'avenir

Me conserver, soit dit entre nous sans critique,

Quelque six mois au moins par pure politique.

Malgré tout, cependant, demeurez convaincu

Qu'avec vous je n'ai pas plus de deux ans vécu,

Comme vous le savez, pour ne plus vous connaître :

Ce que je fus pour vous, je puis et je veux l'être,

C'est-à-dire un ami sincère et sans détours

Qui de tout cœur vous plaint et vous aime toujours.

Je vous plains ! Que ce mot n'aille pas vous surprendre,

Et sachez, s'il vous plait, comme il faut le comprendre.

Par lui, ne voyez point mis en doute en mon cœur

Votre plus-que-parfait et bien juste bonheur.

Non, je sais que chez vous habite l'abondance,

Et que vous jouissez de toute indépendance ;

Que vos désirs, vos vœux, autant que vous aimés,

Sont très-souvent remplis avant d'être formés ;

Que vous êtes l'objet d'ineffables tendresses,

Et comblé tous les jours de baisers, de caresses.

Je vous plains ! Et pourtant je suis bien loin d'avoir,

Comme vous avez dû vous en apercevoir,

— Notre existence ayant été longtemps commune —

L'immense liberté que donne la fortune ;
Ce qui n'empêche pas que j'éprouve parfois
Le bonheur d'être utile autant que je le dois
A ceux que je rencontre en peine sur ma route.
Ce que je vous dis là vous est connu sans doute,
Car à l'œuvre souvent vous avez pu me voir
En voyage, à Bordeaux, lorsque de vous avoir
Pour guide et pour ami j'avais la bonne chance.
Malgré votre coupable et bizarre silence,
Qui m'étonne et m'afflige, en moi du temps passé
Le souvenir encor ne s'est point effacé ;
Vous êtes oublieux, fidèle est ma mémoire :
C'est pourquoi je vous plains, voilà toute l'histoire.

Malgré mon grand respect pour votre liberté,
Permettez que je vienne à votre loyauté,
Sur laquelle du moins je puis compter j'espère,
Demander le pourquoi du mutisme sévère
Que tous vous observez, notre soldat compris,
Ce dont, j'en fais l'aveu, j'ai lieu d'être surpris :
Quoique sachant très-bien qu'aujourd'hui l'habitude
Est, hélas ! de trouver l'ignoble ingratitude

Où justice voudrait que fût l'affection.

Le temps vous l'apprendra, c'est ma conviction :

Oui, vous serez plus tard contraint de reconnaître,

Non sans quelques regrets cela pourrait bien être,

Qu'il est sage et prudent, alors qu'on veut agir,

De ne point se hâter, comme de réfléchir ;

Souvent nous nous trompons quoique sachant la route,

Déjà vous en avez fait l'épreuve, sans doute.

Votre indulgent ami qui vous serre la main

Et voudrait bien pouvoir vous embrasser demain.

A Mademoiselle S...

Cœur fidèle, je suis heureux
De vous offrir avec mes vœux
De bonnes et longues années,
Par tous les bonheurs couronnées,
L'hommage de mon amitié,
Dont je vous lègue une moitié
A titre de bonbons d'étrennes,
Afin qu'en vos heures de peines
De cœur, ou bien plutôt d'amour
— D'en avoir viendra votre tour —
Vous y puisiez force et constance,
Nobles vertus de circonstance.

A Bordeaux revenu souffrant
Depuis le quinze du courant,
Effet de fatigue sans doute,

Je compte reprendre la route •
Qui mène de Pons à Cognac,
Passant au sein de Pérignac,
Longtemps avant que vos dragées
Ne soient ou rances ou mangées.

C'est bien compris, bien entendu :
Devra chez vous être attendu,
En dépit de l'hiver lui-même,
Cœur fidèle, avant le carême,
Par un déjeûner sans façon
Le pauvre vieux Clovis Besson,
Que son ennui présent dévore
Bien moins que ses futurs encore.

Mais à Dieu seul est l'avenir.
Contentons-nous du souvenir.
Redemandons-lui les tendresses,
Les plaisirs purs et les caresses
D'un très-cher et bien vieux passé
Dont en nous rien n'est effacé !
Qu'il nous rende nos jeux d'enfance,

Si pleins de charme et d'espérance,
En échange de notre ennui
Et de nos peines d'aujourd'hui !

Oh ! c'en est fait ! de la jeunesse
La douce et délicate ivresse
De notre domaine n'est plus,
Et nos regrets sont superflus.
Mais bien que vieux, cher Cœur fidèle,
Prenons pour guide et pour modèle
L'illustre et grand Roger Bontemps
Dont le siècle fut un printemps.

Du destin ignorant les causes,
Sachons des soucis et des roses
Unir et parfums et couleurs,
Comme aussi plaisirs et douleurs.
Avec soin gardons notre vie
Des cuisants poisons de l'envie,
Et, satisfaits de notre sort,
Ramons : nous atteindrons le port,
Prenant la Charité pour voile
Et l'Espérance pour étoile.

Bien que de rester avec vous
Je serais heureux et jaloux,
La plume de mon secrétaire,
Lequel est un beau militaire
Esclave en tout point du devoir,
M'avertit qu'il faut du revoir
Le triste adieu vous faire entendre.

A mes désirs daignant vous rendre,
Faites, s'il vous plait, en mon nom,
Implorant pour moi son pardon,
Qu'elle m'accordera j'espère
En vidant avec vous un verre
De sa bonne huile de Cognac,
A la perle dont Pérignac
Saura forcément reconnaître
La valeur comme ce doit être,
Une visite où de mon cœur
Vous lui direz pour son bonheur
Les souhaits et les vœux sincères.

De vieux rhum ayant pris deux verres
A la santé de vos amours,

Au nombre desquels pour toujours
Je me trouve sans aucun doute,
De Mébalins je prends la route,
Vous donnant de cœur un baiser
Que vous ne pouvez refuser.

Mon compagnon qui, sans mensonge,
Chaque nuit boit et voit en songe
Votre Cognac et vos beaux yeux,
De son cœur vous offre les vœux.

De mes bons souhaits veuillez être,
Je saurai vous le reconnaître,
Près de Madame Beau-Soleil,
O mon bel ange, au teint vermeil !
L'interprète fidèle et tendre
Qu'elle saura bien sûr entendre

ÉPITRE

J'apprends être par vous taxé
De vous avoir un peu vexé
Dans une de mes trois missives ;
Qui sont des plus inoffensives
Pour ce qui vous est personnel :
J'en fais le serment solennel !
Me donner la preuve contraire
Vous est bien défendu, j'espère :
Et c'est pourtant votre devoir,
Si vous en avez le pouvoir
Comme le droit, de me confondre.

Libre à vous de ne pas répondre
Aux lettres que vous recevez,
S'il vous plaît ou si vous avez

Un motif qui vous en dispense,
Mais ce n'est pas le cas, je pense,
Si du moins j'ai bon souvenir.

Gardez-vous donc à l'avenir,
La loyauté vous le commande
Et votre intérêt le demande,
De prendre pour vous sans façon
Ce que vous dit votre raison
Ne pas être votre partage.
Je n'en dirai point davantage,
Certain que vous m'avez compris.

Mieux que vous je connais le prix,
Ayant pour moi l'expérience,
Je le dis avec conscience,
Des devoirs que plus qu'à demi
Doit remplir un fidèle ami,
Un fils bien tendre, un très-bon frère.
Vous n'en pouvez douter, j'espère.
On doit, en toute occasion,
L'appui de son affection

A qui mérite qu'on lui donne.

Ainsi qu'on ferait une aumône,

Il ne faut pas sur son chemin

A ses amis serrer la main.

En campagne, aussi bien qu'en ville,

L'amitié qui reste stérile

C'est de l'avare le trésor,

Pour ne point dire plus encor :

La chose est facile à comprendre

Et je ne crois point vous l'apprendre.

Soyez-en, ami, convaincu ;

Vous n'avez que très-peu vécu,

Bien que votre trentaine approche ;

Loin de vous en faire un reproche,

Je vous le dis du fond du cœur :

Je jalouse votre bonheur.

C'en est un au temps où nous sommes

De ne point connaître les hommes

Fourbes, méchants, nés pour le mal,

Comme ils le sont en général ;

Ainsi que de tristes épreuves

M'en ont fourni cent fois les preuves.
Il en est de bons, cependant,
Et vous êtes, c'est évident,
Jusqu'à ce jour, avec franchise
Permettez que je vous le dise,
Pour moi du nombre de ceux-là.

En ce qui vous touche, voilà,
Qu'elle soit ou non insensée,
L'expression de ma pensée
A qui font horreur les détours.
Puissé-je ainsi dire toujours !
Je le désire et je l'espère.

Soyez cousin, neveu, fils, frère,
Plus que ne permet le devoir,
Si vous en avez le pouvoir,
Je vous envie et je vous loue,
Car j'aime, moi, qu'on se dévoue ;
Mais, ce qui n'est pas très-prudent,
C'est de se faire dépendant
De ceux qu'on aime ou qu'on estime,

Au point de se croire victime,

Quand à l'ordre ils ont mérité,

Pour l'honneur de la vérité,

D'être remis avec courage,

Par ceux que leur orgueil outrage,

Et dont la noble pauvreté

Donne cent fois la liberté

De leur opulence économe.

Bien mieux que moi vous savez comme.

De ma sincère affection,

Jeanti, c'est la conviction ;

Je le dis bien haut et sans crainte,

Et, quoi qu'il arrive, sans feinte.

Désormais, il faut éviter

De vous faire, sans hésiter,

Le défenseur de qui, peut-être,

Votre cœur ne sait pas connaître

La juste et réelle valeur.

Pour vous, hélas ! quelle douleur !

S'il vous fallait un jour apprendre

Que ceux que s'attache à défendre

Votre généreux dévouement,
En tout trompent indignement
Votre crédule confiance!
Ayant large la conscience,
Ils font esclave sans pitié,
Au nom même de l'amitié
Que jamais ils n'ont su comprendre,
Ceux qu'ils ont l'adresse de prendre
Par des baisers et des discours
Égoïstes et faux toujours.

Il est des gens bien moins qu'austères
Qui pour les autres sont sévères
Jusques à la stupidité,
Et ne veulent la liberté
— Comprend l'effet qui voit la cause :
Toute naturelle est la chose —
Que pour eux c'est bien entendu.
A n'importe qui, défendu
Sous peine de se compromettre
— Ce que je dis est à la lettre
Vous ne le savez que trop bien, —

D'en connaître l'usage en rien.

C'est étrange et vraiment bizarre,

Mais bien réel, je le déclare.

Je ne sais comment et pourquoi,

Pour vous, ami, je sens en moi

Une triste et profonde crainte

Que votre âme ne soit atteinte

En ce qu'elle a de cher un jour,

Sans espérance et sans retour :

Alors qu'il vous faudra comprendre,

Si vous venez à tout apprendre,

Et je n'en serais point surpris,

Que vous devez votre mépris

A ceux de qui, dans l'ignorance,

Vous prenez si bien la défense.

Exauçant les vœux de mon cœur,

Plaise au Ciel pour votre bonheur,

Que la vérité toute nue

De longtemps ne vous soit connue.

Je suis, avec le doux espoir

Du prochain plaisir de vous voir,
Et malgré votre long silence,
Ainsi que vous l'êtes, je pense,
De tous vos amis le meilleur
Qui vous embrasse de tout cœur.

A M. LE LIEUTENANT BAHIER

Lieutenant, je suis heureux
Si, de mon cœur comblant les vœux,
Vous vouliez parfois me permettre,
Faveur que j'ose me promettre,
Le plaisir bien vrai de venir,
Par quelques mots de souvenir,
Vous faire visite en votre île
Où devoir, hélas ! vous exile,
Ainsi que mon cher caporal,
Brave garçon, au cœur loyal,
Dont je regrette la consigne,
Mais qu'à tous égards je crois digne
De votre bienveillant appui
Que je vous demande pour lui.

Il est compris que nos missives,

3

Sérieuses ou fugitives,
Doivent être toutes en vers,
A l'endroit tout comme à l'envers :
Pas de règles pour la césure,
Et liberté pour la mesure.

Au Parnasse, tout est permis,
Et Pégase à rien n'est soumis
Lorsque nous l'avons pour monture.
Hennissements, cris ou murmure
Soit de Pégase ou de Phébus
Ne seront par nous entendus.

Qu'ils soient ou badins ou sévères,
Luisants, rongeurs ou solitaires,
Chantant la gloire ou les amours,
Nos vers auront lecteurs toujours
A table de l'hôtel de France :
J'en ai, lieutenant, l'espérance,
Et vous devez aussi l'avoir.

Je vous dirai, partant ce soir,

Que si jamais ma bonne étoile

Guidait vers Bordeaux votre voile,

Ainsi que j'en ai le désir,

Ce serait avec grand plaisir

Que par ma main très-empressée

La vôtre serait bien pressée.

A Mademoiselle L...

A celui dont le cœur vous aime
D'un constant et sincère amour,
Et dont l'espérance suprême
Est de vous posséder un jour ;
Demain, la poste sur son aile
Portera ces vers dont mon cœur
Vous adresse, Mademoiselle,
Un exemplaire avec bonheur.

A MON AMI EDMOND D...

FRAGMENTS

Mon cher Edmond, sans aucun doute
Tu sais bien que plus qu'à demi
Mon âme en la tienne s'écoute
Et que fier d'être ton ami,
Pour toi jamais l'indifférence,
Soit dans la peine ou le bonheur,
Dans la joie ou dans la souffrance,
Ne trouvera place en mon cœur.
Que dès l'heure où de te connaître
M'advint la satisfaction,
En mon âme je sentis naître
Pour toi bien franche affection;

Dont les baisers et les caresses
Que tout d'abord et sans détour
De me prodiguer tu t'empresses
Sont le bien généreux retour.
Autant apportait ta présence
De plaisir réel à mon cœur,
Autant lui cause ton absence
De crainte, d'ennui, de douleur.

Aujourd'hui quand je vois ta mère,
Je sens des pleurs mouiller mes yeux ;
Son désespoir me désespère
Et je fais au Seigneur des vœux
Pour que de notre belle France,
Si noble et si digne d'amour,
Sonne l'heure de délivrance ;
Et que bientôt vienne le jour
Où finira la guerre inique
Dont un ambitieux orgueil
Fut, cher Edmond, la cause unique,
Et qui partout sème le deuil.

. . . .

Et voilà du temps où nous sommes
L'intelligence et le progrès !

Cher ami, quelle intelligence,
Qnel progrès, quelle humanité!
Que faisait de plus l'ignorance
Jadis dans sa brutalité?
Ah ! n'interrogeons pas l'histoire
Dans l'intérêt de l'avenir,
Comme de notre vieille gloire
Dont elle garde souvenir.

. . . .

. . . .

Mais de ta famille si chère
Que dimanche je reverrai,
De ta sensible et bonne mère
Qu'à ton compte j'embrasserai ;
De chez Léglise où ton absence
A produit un grand changement
Dont je te donne connaissance
Et qui me rend heureux vraiment;

Laisse mon amitié sincère
Quelques instants t'entretenir,
Car t'ayant promis de le faire
Ma parole je veux tenir.

Noély, jadis si rieuse
Et dont si franche est la gaieté,
Paraît aujourd'hui soucieuse
Et cherche la société
De tous ceux qu'elle peut connaître
Ne t'être indifférent en rien.
Ami, de cette façon d'être
La cause tu, la comprends bien!
Choisir qui te connaît et t'aime
Afin de bien parler de toi
En soupirant et pleurant même,
Est très-logique d'après moi.
De toi vient-il une missive,
On la lit des pleurs dans les yeux,
Et pour qu'une nouvelle arrive
Au ciel on adresse des vœux.

En ce qui concerne Léglise,

Il est maigre comme toujours,
Et dans sa barbe semi-grise
Le rasoir n'est pas tous les jours.
Lorsque parut la République,
Si je ne l'en eusse empêché,
De Noé le sommeil magique
Serait devenu son pêché.
Ansi que Lucien et ton père,
Bien cher Edmond, le croirais-tu,
Il but le cognac à grand verre,
A la santé de ta vertu ;
Puis d'une voix dont mon oreille
Saura garder le souvenir,
Attaquant une autre bouteille,
Il s'écrie : « A nous l'avenir !
« Buvons à notre belle France !
« A ses soldats, à leurs amours !
« A sa prochaine délivrance !
« A l'oubli de ses mauvais jours ! »

De ta future belle-mère,
Le cœur est l'ami de ton cœur,

C'est ma conviction sincère,
Je te le dis avec bonheur.

Angèle, qui pour la défendre
Est envieuse de t'avoir,
Donne le conseil de tout vendre
Et d'aller n'importe où te voir.

De ta mère dont les alarmes
Sont pour toi ce qu'est son amour,
Les yeux sont des sources de larmes
Plus abondantes chaque jour.

Ton père qui, d'indifférence
Est à tort bien sûr accusé,
Me semble, depuis ton absence,
Par un profond chagrin brisé.

De ta bonne vieille grand-mère,
Quoique muette, la douleur
N'en est, hélas! pas moins amère,
Ainsi que me le dit mon cœur.

Ta sœur, dont la riche tendresse
T'a souvent de soins entouré,
Est d'une effroyable tristesse
Et, j'en suis certain, t'a pleuré.

T'inviter à prendre courage
Serait, Edmond, douter de toi,
Et de te faire cet outrage
Le penser est bien loin de moi.

Ton ami nouveau, mais sincère,
Dont le cœur au ciel chaque jour
Adresse une ardente prière
Pour ton désiré retour.

MON ÉLÈVE A SA MÈRE

Qui donc hâte ainsi mon réveil ?
Pourquoi ce matin le sommeil
A-t-il sitôt fui ma paupière ?
D'où vient que cette nuit dernière
J'ai vu des bonbons, des joujoux,
Et reçu des baisers bien doux
Qu'en m'éveillant avec l'aurore
Je crois voir et sentir encore ?

C'est qu'aujourd'hui c'est le grand jour
Où la gratitude et l'amour,
Dans les palais, dans les chaumières,
Adressent à Dieu leurs prières ;
Où, jeunes et vieux, de leur cœur
Se disent les vœux de bonheur.

De l'an nouveau qui vient d'éclore,

Ah ! daigne le ciel que j'implore
Permettre que, pour toi, les jours
Soient, bonne mère, exempts toujours,
Et c'est ma plus chère espérance,
De peine comme de souffrance ;
Pour nous donner dans nos besoins
Ces bien-aimés et pieux soins,
Et nous prodiguer les caresses
De tes ineffables tendresses,
Que saura d'un juste retour
De notre cœur payer l'amour.
Puisse le Seigneur que je prie
Veiller sur toi, mère chérie !

Si l'an passé j'ai, bien des fois,
Refusé d'entendre ta voix
Qui m'appelait à la sagesse
Et me reprochait ma paresse ;
Si, dans l'oubli de mon devoir,
Trois jours sur six, matin et soir,
Sans ardeur comme sans courage
Tu m'as vu me mettre à l'ouvrage ;

Dans l'avenir, pleine de foi,
Bonne mère, pardonne-moi,
Et crois que ma reconnaissance,
Mon travail, mon obéissance
Donneront la preuve à ton cœur
Que ma joie est dans ton bonheur.

A UN AMI

Caporal de huit jours, à la moustache blonde,
Qu'en cinquante j'ai vu venir si frêle au monde,
Merci, cent fois merci du bien réel bonheur
Qu'apporte ce matin ta missive à mon cœur.
De moi tu n'as reçu que deux fois des nouvelles,
Ce qui t'afflige fort lorsque tu te rappelles
Que je t'avais promis qu'au moins tous les huit jours
Je pourrais t'en donner : ce que j'ai fait toujours.
Dimanche, remplissant encore ma promesse,
A la poste j'ai mis épitre à ton adresse,
Et c'était la cinquième ! Eh bien ! suis-je en retard ?
Depuis un mois le dix, jour de votre départ,
Sur mes cinq lettres trois ont fait naufrage en route ?
C'est possible après tout, mais franchement j'en doute.
De t'en faire l'aveu c'est, ami, mon devoir :
Pourquoi, quand il était si bien en ton pouvoir

De bannir le chagrin, le désespoir peut-être,

Que mon cruel silence en ton cœur faisait naître,

N'as-tu pas pris la plume et n'es-tu pas venu,

Ainsi qu'il en avait été bien convenu,

Me reprocher plus tôt la coupable paresse

Dont pour toi tu croyais exempte ma tendresse ?

Pourquoi? Je le sais bien! Et tu le sais aussi.

Ah! de moi, sans raison, si tu te plains ainsi

C'est très-probablement dans la douce espérance

De pouvoir excuser ta propre indifférence

Dont mon affection, je crois, dans l'avenir

Saura, si tu le veux, perdre le souvenir :

Caporal, mon ami, j'ose te le promettre.

La guerre, me dis-tu dans ta charmante lettre,

Est terrible, et pourtant belle dans ses horreurs,

Ses glorieux dangers, ses sublimes terreurs.

Libre à toi de trouver, ô jeune militaire,

Belle dans ses horreurs et sublime la guerre.

Pour moi qui ne suis point de ses lauriers jaloux

Je ne puis y songer sans frémir de courroux.

Ah! j'aimerais aussi, de ces canons qui tonnent,

De ce tambour qui bat, de ces clairons qui sonnent,
(S'ils ne se mêlaient pas aux plaintes des mourants.)
Les concerts si virils par lesquels de vos rangs,
Que de vaincre ou mourir rend aveugles la rage,
Sont comme électrisés l'ardeur et le courage...

Tu me dis que bientôt vous aurez le bonheur
De venger de la France et la gloire et l'honneur;
Qu'à Guillaume, à Bismark, la haine de vos armes
De ses yeux chèrement fera payer vos larmes;
Qu'officiers et soldats, tous, êtes convaincus
Que Dieu ne voudra point que vous soyez vaincus.

Non! Dieu ne peut vouloir que la France succombe,
Et que notre Paris descende dans la tombe.
Ah! si de nous punir, son bien juste courroux
Jusqu'à ce jour, hélas! s'est montré si jaloux;
De nos envahisseurs les forfaits et les crimes
Sous leurs pas font s'ouvrir d'innombrables abîmes,
Au sein desquels bientôt trouveront un cercueil
Leur insolence avide et leur cruel orgueil,
Dont chaque instant accroît la fureur et la rage,
Qui pour fruits ont le vol, le meurtre et le pillage.

J'ai fait part de ta lettre aux amis et voisins
Et transmis tes baisers à tes jeunes cousins,
Ainsi que tes respects à leur sensible mère.
Un billet de cent francs, que sans retard, j'espère,
La poste malgré tout te fera parvenir,
De leur tendre amitié t'apporte souvenir.

Le marquis, le vicomte et leurs riches beaux-frères,
De Charette ont, mardi, rejoint les volontaires,
Emmenant avec eux l'intrépide François,
L'ancien dragon Chauvet et le petit Dubois.
Au départ s'embrassant, maîtres et domestiques
En pleurant se sont faits des adieux héroïques.
Tous les sept ont reçu des mains du vieux baron
Un riche chassepot qu'il sait être très-bon.
« Messieurs, leur a-t-il dit, de notre chère France,
« Dont nous coûtent si cher l'orgueil et l'ignorance,
« Ces ennemis cruels de la société,
« Ces aveugles bourreaux de notre liberté ;
« De ce vaillant Paris, que rien n'égale au monde,
« Dont si grand est le cœur et l'âme si féconde ;
« De vos foyers, enfin, comme de vos autels,

« Allez venger l'honneur et les droits immortels.

« Ah ! si j'étais moins vieux, l'exemple de ma rage

« Au combat guiderait votre bouillant courage,

« Et de vous protéger serait mien le devoir.

« Adieu ! pensez à nous : ou plutôt, au revoir!... »

Après quoi du château le chapelain en larmes,

Les ayant tous bénis, bénit aussi leurs armes.

De Gaston, rien de neuf à te dire aujourd'hui,

Si ce n'est qu'il est fou de craintes et d'ennui ;

Ayant comblés ses chais et ne pouvant rien vendre ;

Voyant partout faillite et des hommes se pendre.

Ton ami dévoué, qui t'embrasse de cœur ;

De te lire attendant le très-prochain bonheur ;

Et dont l'affection peut hardiment, je pense,

Faire, en cas de besoin, appel à ta prudence !

RÉPONSE

D'un campagnard de Saintonge aux lettres écrites à S. E. Monseigneur le Cardinal de Bordeaux par un Montagnard girondin.

———

Daignez, citoyen Montagnard,
Permettre qu'un bon campagnard,
N'étant ni Franc-Maçon ni Prêtre,
Et dont le seul désir est d'être,
Jusques à la fin de ses jours,
Honnête homme et chrétien toujours,
Dans sa grosse et vieille franchise
Toute la vérité vous dise.

Vos lettres rencontrent partout
La pitié, l'horreur, le dégoût,
Qu'elles devaient, ne vous déplaise,
Trouver dans toute âme française

Pour qui la vengeance n'est pas
Riche de charmes et d'appas.

Vous désirez qu'à bourse pleine
Le Cardinal pour la Lorraine
Donne s'il en a le pouvoir ;
Et c'est, dites-vous, son devoir.
Grand merci cent fois de vos larmes,
De vos vœux et de vos alarmes,
Pour les infortunés pays
Que ravagent des ennemis
Dont vous suivez, sans aucun doute,
La libérale et noble route.

Vous n'êtes point un Monseigneur,
Et ne fûtes pas Sénateur ;
Croyez-le, Montagnard mon frère,
J'en éprouve un regret sincère,
Dans l'intérêt de vos écus,
Aussi nombreux que vos vertus ;
(La chose est à peu près certaine).

De votre cœur d'où vient la haine ?

Ne seriez-vous pas, par hasard,

Brave citoyen Montagnard,

Ainsi que j'en ai la croyance

Et la bien chère confiance,

Un prêtre chassé de l'autel

Qui, faisant au scandale appel,

Cherche la gloire et la fortune

Sous l'égide de la tribune ;

Et dont la plume, avec raison,

Pour encre a choisi le poison ?

Que vous soyez laïque ou prêtre

Ayez de vous faire connaître

Et le courage et le vouloir

Ainsi que c'est votre devoir.

Qui remplit comme vous sa tâche

En bon Français se nomme un lâche.

Chez vous le motif principal

En attaquant le Cardinal

Était, — pour tous la chose est claire,

Et vous en conviendrez, j'espère,

Si vous êtes vrai Montagnard, —
De vous procurer sans retard,
Non point pour alléger la peine
De l'Alsace et de la Lorraine
Qui, certes, les auraient reçus,
Mais bien pour vous quelques écus.

Si, comme j'en ai l'espérance,
Pour ne pas dire l'assurance,
Vos produits sont selon vos vœux,
A tous égards je suis heureux.
Ayant fait un total immense
Des rentes qu'à Son Eminence
Donnent des commerces nombreux,
Votre cœur noble et généreux
De Franc-Maçon et d'honnête homme
S'indigne on sait combien et comme
Songeant aux deux cents francs donnés
Pour nos frères infortunés
Dont si grandes sont les misères;
Et déchaîne de ses colères,
Fruits d'orgueil, de haine et d'erreurs,
Les extravagantes fureurs,

Puisque vos mensonges coupables
Ont été justement capables
De vous valoir ce triple prix :
Nombre d'écus, honte, mépris,
De ces écus, plusieurs sans doute,
De l'Alsace prendront la route.
Non ! chacun, c'est bien convenu,
S'en ira, comme il est venu
De votre généreuse bourse,
Pour vos besoins seuls, à la course.
Vous resteront, c'est bien compris,
La honte comme le mépris.

L'ouvrier vit dans son ouvrage :
Nous dit un juste et vieil adage
Dont nul n'a jamais contesté
Que je sache, la vérité ;
Vous, dont l'égoïste ignorance
Égale en tous points l'impudence
Et dont l'anonyme courroux
D'être loyal est peu jaloux,
Au nom même de votre envie,

Montagnard, je vous en convie,
S'il vous plaît, faites-nous savoir,
Si vous en avez le pouvoir,
Le peu de bien que sur la terre
Vous avez eu l'honneur de faire.

Je suis, à tous égards, bien loin
D'éprouver le pressant besoin,
Vous comprenez pourquoi, je pense,
D'aspirer pour Son Eminence
A l'insigne et suprême honneur
De vous disputer votre cœur ;
Le sien valant je crois le vôtre !

Il faut, pour être un digne apôtre
De morale et de charité,
Comme de saine liberté,
— Le ciel me garde de prétendre,
Une nouvelle vous apprendre, —
Prêcher par l'exemple ; entre nous
Franc Montagnard le faites-vous ?
Si possible vous est l'épreuve
Je vous en demande la preuve

Dans votre pamphet sans égal,

Décriez-vous le Cardinal

N'osant pas attaquer l'Eglise?

Répondez en toute franchise :

Vous taire serait lâcheté !

Ah ! s'il faut de la charité

De notre Primat d'Aquitaine

Certificat à votre haine ;

Ceux dont elle a séché les pleurs,

Calmé les chagrins, les douleurs,

Qu'elle a rendus à l'espérance,

A l'étranger ainsi qu'en France,

Sans hésiter le signeront ;

Et tous, à l'envi, vous diront

Dans leur sincère gratitude,

J'en ai la douce certitude,

Montagnard, entendez-le bien

Que le Cardinal fait du bien,

Et que son plaisir est d'en faire.

A vous d'établir le contraire

Si vous en avez le pouvoir ;

Vous, de l'équité le miroir,

Démontrez que Son Eminence

N'a pas, en toute circonstance,

Par ses dons, malgré vous nombreux,

Et par ses écrits généreux

Dont la voix vous est importune,

Tendu la main à l'infortune.

En qualité de Monseigneur,

De Cardinal, de Sénateur

Ainsi que de propriétaire

De Bordeaux, dites-vous mon frère,

L'Evêque a, pendant dix-huit ans,

Touché près de cent mille francs,

A part les produits respectables

De ces commerces innombrables ;

Et vous ne vous expliquez pas,

N'ayant jamais eu l'embarras

J'en suis certain et sans reproche,

De les avoir dans votre poche,

Comment pouvaient être reçus

Par lui de si gros revenus.

Dussé-je très-fort vous surprendre,
Je ne puis non plus le comprendre,
Et je gage de bonne foi
Que vous n'ignorez pas pourquoi.

Citoyen, veuillez me permettre
De terminer ici ma lettre.
Je vous le dirai sans façon :
Vous n'êtes pas un Franc-Maçon,
J'en ai la ferme confiance;
Et, la main sur ma conscience
De simple et pauvre campagnard,
Je ne vous crois pas Montagnard.
En deux mots mes doutes j'explique :
Un Franc-Maçon, son nom l'indique,
Doit être, en tout temps et partout,
Un homme loyal avant tout.
Un Montagnard a du courage,
Et de ses colères la rage,
Ainsi que l'aigle et le vautour,
Préfère à l'ombre le grand jour.

Comme ce très-vertueux Prêtre

Qui votre flambeau veut bien être,
Dans le sérail et ses détours
Je n'ai point vu couler mes jours.
De son pain, dont sans aucun doute
Ses dents trouvaient bonne la croûte,
Pas plus autrefois qu'aujourd'hui
Je n'ai fait mon pain comme lui ;
Mais l'eussé-je fait, ma mémoire
Du sérail connaissant l'histoire
Saurait sans jamais le honnir
Garder, je crois, le souvenir.

Alors qu'il daignera vous plaire,
Et ce sera bientôt, j'espère,
Vous m'accorderez le bonheur
Et me ferez l'insigne honneur,
Mon vœu je crois est légitime,
De ne plus garder l'anonyme,

Allons, au revoir, citoyen !
Votre nom, vous aurez le mien.

MA LYRE A LA FRANCE.

FRAGMENTS

. . . .

. . . .

Ne pouvant plus, hélas! douter de son malheur,
Mais, sentant avec lui redoubler son courage,
La France a fait entendre un long cri de douleur;
Et pour anéantir l'ennemi qui l'outrage
En foule sont venus à l'envi se ranger
Sous ses drapeaux en deuil, de braves volontaires,
Des soldats citoyens qui volent la venger
Implorant son pardon pour leurs fils et leurs frères.

Allemands et Français sauront, dans l'avenir,

Valeureux bataillons de Chasseurs de Vincenne,

De votre noble ardeur garder le souvenir ,

Plus longtemps que celui de l'ignoble Bazaine.

Des braves en tout temps aussi bien qu'en tout lieux ,

Frères comme ennemis, ont admiré la gloire.

Les uns en étant fiers, les autres envieux !

Mais des traîtres toujours maudite est la mémoire.

Bretons et Vendéens, dont un Cathelineau,

Par son nom, son exemple, inspire le courage ;

Vous, de qui l'ennemi redoute le drapeau

L'oubli ne sera pas non plus votre partage ;

Vous, vainqueurs de Coulmiers, officiers et soldats

De l'Europe les yeux sont fixés sur la Loire.

A vos mères pensez au milieu des combats

Vous suivrez le chemin qui mène à la victoire !

A vous, à vos efforts, et la gloire et l'honneur

De hâter de Paris l'heure de délivrance ;

C'est-à-dire de rendre à l'espoir, au bonheur,

Notre trop magnanime et malheureuse France.

De Charrette bientôt, pour vaincre ou pour mourir,

Viendront s'unir à vous les vaillants volontaires ;
De toutes parts enfin vous verrez accourir,
Jaloux de vos lauriers, des amis et des frères.

A Guillaume, à Bismarck, ainsi qu'à leurs pillards,
L'invincible couroux de votre juste haine
Donnera, non des forts, des vaisseaux, des milliards,
Et la vaillante Alsace et sa sœur la Lorraine,
Mais balles et boulets sans relâche fondus
Au feu d'une implacable et croissante vengeance
Qui de leurs bataillons de terreur éperdus
Moissonneront les jours avec intelligence.

Ah ! de s'ensevelir dans un honteux sommeil
Si dix-huit ans hélas ! la France fut capable,
Son réveil, du Lion doit être le réveil !
Des aveugles Germains, roi cruel et coupable,
Et toi Bismarck, tremblez, voici venir le jour
Où, du Ciel entendus, les cris de vos victimes
Sur vous vont appeler le bien juste retour
De vos hideux forfaits, de vos ignobles crimes !

Si le sang de tes fils est à flots répandu,

Si tes yeux à torrents versent d'amères larmes,

O France ! c'est ton œuvre et celle de l'élu

Que deux fois ont choisi les craintes, les alarmes

Que font en toi renaître et s'accroître toujours

L'égoïsme, l'orgueil, ainsi que l'ignorance,

Sans lesquels il n'est point de charmes pour tes jours,

Pour ton cœur d'amitié, de vertu, d'espérance !

C'est à cet égoïsme et c'est à cet orgueil

Que sont encore dus, ô ma noble Patrie !

Les immenses revers et la honte et le deuil

Par qui ton cœur est plein et ton âme flétrie !

Ah ! lorsque de tes yeux seront séchés les pleurs,

Que remise en tes mains sera ta destinée,

Garde le souvenir des présentes douleurs

Et du sceptre à jamais repousse l'hyménée !

De la paix, du travail et de la liberté

Que les biens soient les seuls qu'appelle ton envie !

Des peuples le travail est la prospérité,

La liberté, la paix, le bonheur et la vie !

L'HIRONDELLE

A M. MAGNÉ.

— « Pourquoi partir tendre hirondelle? »
— « Je crains l'hiver et sa rigueur. »
— « Reste, la terre est encor belle. »
— « Non, le soleil est sans chaleur. »
— « Eh quoi! n'as-tu pas de patrie? »
— « Le monde entier est mon séjour;
Partout où la plaine est fleurie
Un vieux nid m'attend au retour. »
— « Ainsi donc, amante fidèle
Du doux printemps et des beaux jours,
Gracieuse et tendre hirondelle,
En vain, comme l'homme, toujours

Avide de joie et d'ivresse,

Tu voles après le plaisir

Qui s'échappe et te fuit sans cesse? »

— « Non, car moi, je sais le saisir :

Soleil, chansons, parfum des roses,

Onde pure, amour et zéphyrs,

Dieu m'a donné toutes ces choses :

Pour l'homme, il n'a que des désirs. »

ÉPITRE.

J'en suis certain, recevant cette lettre,
Avec émoi vous vous demanderez
Si je prétends et j'ose me promettre
L'étrange espoir que gaîment vous prendrez,
Chaque matin pour me lire, un quart d'heure
A ce travail objet de tous vos soins,
Par qui toujours du pauvre la demeure
Voit de son seuil s'éloigner les besoins.

J'en fais l'aveu, bien loin de ma pensée
D'être à ce point ennemi du devoir :
Telle exigence est indigne, insensée,
Et je ne puis, vous le savez, l'avoir.
Nul, mieux que moi, ne sut jamais comprendre,
Le prix du temps et son utilité,

Cela dût-il n'importe qui surprendre
Je vous l'affirme et c'est la vérité.

Ce matin donc, si le facteur encore
De moi vous porte une épitre au réveil.
C'est que pour vous longtemps avant l'aurore,
J'ai pris mon luth et chassé le sommeil.
Pour chanter quoi ? ce qui pour moi sur terre
Est plus que l'or digne d'être envié :
— Ah ! vous m'avez déjà compris j'espère, —
Une sincère et loyale amitié ;

Dont les accents, toujours remplis de charmes,
Savent ravir notre âme et notre cœur ;
Et dont souvent la main sèche nos larmes
Et les doux soins endorment la douleur ;
Qui dans les jours de peines et d'épreuves
Que le destin nous départ ici-bas,
De dévoûment nous apporte des preuves
A chaque aurore ainsi qu'à chaque pas.

Ah ! que de fois l'exilé qui succombe,
A l'amitié dut le sublime espoir

De ces baisers qui nous voilent la tombe,
Et pour adieu nous disent : au revoir.
Heureux cent fois celui qui peut entendre
De l'amitié le langage si doux
Mais plus heureux qui de bien le comprendre
Sent le besoin et se montre jaloux.

Car à lui seul appartient l'espérance
Trésor divin, parfum d'ambre et de miel,
Que pour dictame, en nos jours de souffrance,
Dans sa bonté nous a donné le Ciel.
Tendre amitié, qui déjà de la vie
M'as si souvent aplani le chemin,
Veille sur moi, veille, je t'en supplie;
Sûrs sont mes pas si leur guide est ta main.

Vous qui devez croire, sans aucun doute,
Avoir au monde un véritable ami;
Vous dont le cœur en mon âme s'écoute,
Etant du mien l'écho plus qu'à demi;
De l'amitié qui réchauffe votre âme
Dans le présent comme dans l'avenir,

Si vous voulez bien conserver la flamme,
Des jours enfuis gardez le souvenir.

Qui se souvient prouve qu'il aime encore ;
De l'amitié l'oubli c'est le tombeau ;
L'indifférence anéantit, dévore ;
Le souvenir est du cœur le flambeau.
Puisse le ciel, selon mon espérance,
Ainsi que moi, bien vous garder toujours
Tant de l'oubli que de l'indifférence,
Par qui sont faits sombres et froids nos jours.

Vivre pour soi bien qu'étant plein de vie,
N'en doutez point c'est être mort déjà ;
De l'égoïste, esclave de l'envie,
Le sort si doux, mon ami, le voilà.
S'aimant à peine, à nul n'étant utile,
A tous égards, l'égoïste à mes yeux
C'est le figuier dont parle l'Evangile :
Ils sont de vivre indignes tous les deux.

De ces cœurs secs, sur qui rien n'a d'empire
Et que jamais rien ne peut émouvoir

Ah ! laissez-moi sans feinte vous le dire,
Ainsi qu'il est, je crois, de mon devoir,
Avec grand soin, vous devez par prudence
Fuir les discours et la société.
Ainsi que moi, vous le savez, je pense,
Par fruit mauvais souvent bon est gâté.

Comme l'on voit la fleur qui vient d'éclore,
Perdre en un jour, son parfum, sa fraicheur,
On peut, hélas ! en moins de temps encore
Voir se flétrir un jeune et tendre cœur.
Vous qui, je puis sans vous flatter le dire,
Avez reçu du Ciel un cœur aimant,
Dont l'amitié me console et m'inspire
Dans mon pénible et triste isolement,
Méfiez-vous des embûches sans nombre,
Que doit trouver votre cœur sous ses pas.
Les faux amis parlent toujours dans l'ombre :
Sachez le bien et ne l'oubliez pas.

LES FEMMES DES PÊCHEURS

A MADAME LACOSTE ET A MADAME LA VICOMTESSE DE SAINT-LÉGIER
A PAUILLAC, ET A MONSIEUR DE PATY.

Le vent dans les grands pins mugit impétueux ;
De l'Océan, les flots pressés, tumultueux,
Sur les rochers déjà se brisent avec rage ;
De sinistres éclairs, précurseurs de l'orage,
Sillonnent l'horizon de sanglantes clartés,
Et la mer et les cieux menacent, irrités.
Au loin on aperçoit, luttant contre les lames,
De courageux marins qui, penchés sur leurs rames,
En bravant les écueils, dirigent vers le port
Leurs barques où près d'eux est assise la Mort ;
La Mort, qui l'œil fixé sur les béants abimes,
Impatiente, attend l'heure où de ses victimes,
En tous temps et partout si nombreuses toujours,

La justice de Dieu lui livrera les jours.

Sur la rive, accourus des prochaines chaumières,

Femmes, vieillards, enfants se sont mis en prières ;

Les larmes dans les yeux, mains jointes, à genoux,

De la mer dont s'accroît le terrible courroux

Ils conjurent les flots de rendre à leur tendresse

Leurs pères, leurs époux, dont les cris de détresse

Qu'ils croient entendre, hélas ! les glacent de terreur,

De leur pressentiment comblant l'immense horreur.

Ils implorent en vain : sourdes sont les tempêtes !

La foudre avec fracas éclatant sur leurs têtes ;

Et le ciel embrâsé qu'on croirait voir s'ouvrir

Tout comme s'il allait de ses feux les couvrir ;

La nuit dont chaque instant augmente les ténèbres ;

Des oiseaux de la mort les cris lents et funèbres

Viennent, en ravivant leurs poignantes douleurs,

De l'espoir enlever même l'ombre à leurs cœurs.

Ah ! comment pourraient-ils échapper au naufrage !

Prudence, habileté, sang-froid, force, courage

Sont secours impuissants en de pareils dangers,

Où les flots, les écueils sont à tous étrangers.

Sans doute ils périront au sein de la tourmente,

Et des barques, demain, par la mer écumante
Les débris rejetés venant couvrir les bords
Trouveront une voix pour nous dire : Ils sont morts !
Morts en pensant à vous, veuves, dans vos chaumières !
A vous dont les doux noms remplissaient leurs prières !
A ces enfants chéris, leur orgueil, leur espoir,
Que désormais leurs yeux ne doivent plus revoir !

« Dieu cruel et méchant ! les maux et les tortures
« Dont tu combles parfois tes pauvres créatures,
« Si faibles quand les vient assaillir le malheur,
« Seraient-ils donc par toi créés pour ton bonheur.
« Pour toi la mort toujours étant une victoire,
« Envieux et jaloux de l'éclat de ta gloire,
« Ne devant plus, hélas ! vivre que pour souffrir,
« Avec eux, par pitié, fais-nous aussi mourir !
« Ne retiens plus sur nous tes foudres suspendues,
« Et fais que sur leurs pas aux tombeaux descendues
« Pour ne les plus quitter nous puissions les revoir. »

C'est ainsi que parlait, folle de désespoir,
Du plus jeune pêcheur Marthe la tendre épouse.
De partager son sort elle serait jalouse.

Saurait-elle sans lui respirer un seul jour!
Dans leurs cœurs, l'un pour l'autre, ils trouvaient tant d'amour
Et leurs âmes si bien avaient su se comprendre!

D'une cloche la voix vient de se faire entendre.
De ton temple sacré c'est celle qui, toujours
Propice, monte à Dieu, Dame de Bon-Secours,
Quand rugit la tempête et grondent les orages
Et que de l'Océan affamé de naufrages
Se déchaînent les flots délirants de fureur,
Dont les longs hurlements enfantent la terreur.
Au son de cette voix qui chaque soir appelle
A l'*Ave Maria*, dans la sainte chapelle,
Et qui sait des autans apaiser le courroux,
Les enfants des pêcheurs, leurs femmes, à genoux,
De l'ange, pleins de foi, redisent la prière
Près de Dieu si puissante, à son amour si chère :

« Pour les pauvres marins, Mère de Bon-Secours,
« Priez, vous dont les vœux sont exaucés toujours.
« Au nom de ce Jésus qui vous choisit pour mère
« Et nous fit vos enfants en mourant au Calvaire ;
« Au nom de son amour, au nom de ses douleurs,

« De nos yeux en pitié daignez prendre les pleurs ;

« De nos cœurs maternels vous voyez la souffrance

« Et vous savez en vous quelle est notre confiance.

« Ah ! puissent nos sanglots par vous être entendus

« Et ceux que nous aimons nous être enfin rendus.

« S'ils étaient orphelins, que deviendraient sur terre

« Ces chers petits aimés qui du doux nom de père

« Les appellent de loin, les voyant revenir,

« Et vont de leurs baisers en courant les couvrir :

« Les plus cruels besoins, sur eux sans aucun doute

« Venant fondre bientôt, sèmeraient sur leur route

« Des écueils, des dangers grandissant chaque jour,

« Contre lesquels serait sans pouvoir notre amour,

« Qui nous ferait pourtant leur donner notre vie

« S'il fallait que pour eux elle nous fût ravie.

« Sans l'appui paternel, enfants infortunés

« A vivre s'ils étaient si jeunes condamnés,

« Mieux vaudrait que la Mort, achevant son ouvrage,

« En festin les offrit à son aveugle rage.

« Mais, Seigneur, à vous seul appartient l'avenir !

« Même dans nos douleurs nous devons vous bénir. »

AUX PIGEONS DE LA DÉFENSE NATIONALE.

Messagers discrets et fidèles
Qui de la France, sous vos ailes,
Portez nouvelles à Paris;
Doux ramiers, colombes pudiques,
Dans vos voyages héroïques,
Si vous alliez être surpris!

Vous ne le serez pas sans doute,
Car vous savez bien votre route
Et des méchants vous avez peur.
En vain des Tudesques en rage
Le plomb vous attend au passage :
Vous saurez voler à hauteur.

Sachant que de la délivrance
Vous allez porter l'espérance

Aux enfants si vaillants toujours
De ce fier Paris dont l'histoire
A l'envi redira la gloire
Et dont Bismarck compte les jours ;

De Paris, dont hier encore,
Et du couchant et de l'aurore,
Les rois étaient les conviés ;
Et de qui, les biens et la gloire,
Fruits de travail et de victoire,
En secret furent enviés.

Oui, c'est alors, sans aucun doute,
Qu'ayant pris de Berlin la route,
Touchés de notre bon accueil,
Le roi Guillaume et son ministre
Conçurent le projet sinistre
Qu'aujourd'hui poursuit leur orgueil ;

Dont la délirante furie,
T'abreuve, ô ma noble patrie !
De honte, de sang et de pleurs,

Et peut, dans le siècle où nous sommes,
Faire à son gré courir les hommes
A des abîmes de douleurs.

Peuples insensés et coupables,
Qui savez devenir capables
D'être complices orgueilleux
De ces rois affamés de crimes
Dont vous êtes toujours victimes,
Quand donc ouvrirez-vous les yeux?

Laisserez-vous longtemps encore
L'ambition qui vous dévore
Vous faire vous anéantir?
Et toi, trop malheureuse France,
De ton égoïste ignorance
Ne voudras-tu jamais sortir?

Dans tes si cruelles épreuves
Ne sauras-tu trouver les preuves
De ton oubli de tout devoir?
Et dans tes terreurs, obstinée,

Dois-tu toujours être enchaînée
Au char d'un aveugle pouvoir?

Dans les erreurs de cet empire
Dont dix-huit ans, avec délire,
Tu pris pour guide le drapeau,
De Guillaume comblant l'envie,
Sans craindre et trembler pour ta vie,
Veux-tu retomber de nouveau?

Non! le cri du canon d'alarmes
Et le bruit déchirant des armes
Trouvent un écho dans ton cœur;
Et, le remords au fond de l'âme,
Tu te réveilles l'œil en flamme
Et voles venger ton honneur.

A Paris dont le vieux Guillaume
Et Bismarck, le très-honnête homme,
Se flattent d'entendre et de voir
Devant leurs ignobles cohortes
D'elles-mêmes s'ouvrir les portes,
Aux cris affreux du désespoir;

A Paris, qui ne peut comprendre
Qu'un peuple armé puisse se rendre,
Et qui, géant dans ses efforts,
D'engins de guerre redoutables
Et de défenseurs innombrables
Dote ses remparts et ses forts ;

A Paris, dont l'Europe envie
La gloire, l'honneur et la vie,
Allez, doux pigeons, mes amours !
Allez annoncer que la France,
Ivre d'ardeur et d'espérance,
Veut être libre pour toujours ;

Que du fourreau sortant son glaive,
Mordue au cœur, elle se lève,
Prenant à témoin l'Éternel
— Dont elle implore la clémence —
De l'équité de sa vengeance,
Et fait le serment solennel

De n'être jamais asservie
Tant que la raison de sa vie

Sera le guide et le flambeau,
Aux lois d'un ennemi perfide
Dont l'ambition fratricide
Est de la jeter au tombeau.

Mais Dieu, qui frappe ceux qu'il aime,
Et dont la justice suprème
Nous accable de son courroux,
Daignant prendre en pitié nos larmes
Détourne à la fin de nos armes
Son regard vengeur et jaloux !

Et libre en son choix, la victoire,
A qui si chère est notre gloire,
Va sous nos drapeaux accourir
Jalouse de la délivrance
De notre belle et noble France,
Qui peut râler, mais non mourir.

CONSOLATION

A MONSIEUR CLOVIS BESSON.

Comme une ombre
Froide et sombre,
Le malheur
O poète!
Se projette
Sur ton cœur!

L'infortune
T'importune
Et te suit;
L'inhumaine
De sa haine
Te poursuit!

C'est une onde
Qui t'inonde
A plein bord ;
Dont la masse
Brise et lasse
Ton effort !

Mais, courage !
Doux et sage
Pèlerin !
Va, méprise
La méprise
Du destin !

Oui, ton âme
Qui se pâme
Doit un jour
Vivre heureuse
Et joyeuse
Sans retour.

Ton épreuve
Comme un fleuve

Coule et fuit;
Et l'aurore
Se colore
Qui la suit!

Vois! ta joie
Se déploie
Sans finir
Et commence
Ton immense
Avenir!

Car tout passe
Et s'efface
Dans ce lieu
Comme un rêve
Qui s'achève
Près de Dieu!

G. RESPIDE,
Vicaire de Roquefort (Landes).

RÉPONSE

Lorsque j'entends
Les doux accents
D'une voix chère
Me dire espère,
Parfois mon cœur
Croit au bonheur
Et de la vie
Alors oublie
Les mauvais jours,
Nombreux toujours
Pour qui sur terre
Du sort sévère
Ainsi que moi
Subit la loi.

Ta voix m'invite,
Pieux lévite,

Fleur du saint lieu,

A mettre en Dieu

Mon espérance

Dans ma souffrance.

Tu dis aussi,

(Et c'est ici

Que pour t'entendre

Et te comprendre

Trop faible en moi

Je sens la foi),

Que mes épreuves

Me sont des preuves

De son amour.

Tu crois qu'un jour,

Pour moi, sans voile,

Luira l'étoile

De ce bonheur

Que de tout cœur

Tu voudrais faire

Mien sur la terre.

Cent fois merci

D'avoir ainsi
Bien voulu prendre
Intérêt tendre,
Bien cher pasteur,
A mon malheur !
Merci des larmes
Pleines de charmes
Délicieux
Que dans tes yeux
L'on voit éclore,
Et plus encore
Quand vient à toi,
Riche de foi
Dans ta tendresse,
Une détresse
Que ton secours
Combat toujours.

L'homme doit être,
Dis-tu saint prêtre,
Rempli d'espoir :
C'est son devoir !

Car l'espérance
De la souffrance
Calme les pleurs
Et les douleurs;
Et que pour l'âme
C'est un dictame
D'ambre et de miel
Venu du ciel.

Pour moi, sur terre
En vain j'espère!
Tristes toujours
Seront mes jours.
Mon infortune
Dont m'importune
Le souvenir,
Dans l'avenir
Me sera-t-elle
Non moins cruelle?
Je ne crois pas,
Et sais, hélas!
Franc et sincère,

Ne point me taire
Tourments, douleurs,
Chagrins et pleurs,
Qu'avec usure
Et sans mesure
Je dois du sort
Jusqu'à la mort,
Sans les comprendre,
Toujours attendre.

Oui, désormais,
Plus que jamais
Contre l'orage,
Avec courage,
— Ce qui sera —
Il me faudra
Lutter encore.

Ami, j'implore
Pour l'avenir
Ton souvenir,
Et tes lumières,
Et tes prières !

Que Dieu par toi
Garde ma foi.
De l'espérance
Pour ma souffrance
Demande-lui
L'aide et l'appui.

———————

A L'OCCASION DU NOUVEL AN

Demain, du nouvel an se lèvera l'aurore
Demain est le grand jour, le jour plein de bonheur
Où l'enfant vient, joyeux, aux parents qu'il adore,
Exprimer son amour et les vœux de son cœur.

Demain, il n'attend pas son heure accoutumée ;
Sitôt que de sa couche a fui le doux sommeil,
Il presse dans ses bras sa mère bien-aimée,
Dont les tendres baisers accueillent son réveil. —

Moi je veux dès ce soir, ô ma mère chérie,
Te dire les souhaits que pour toi, dans ce jour,
Adressent au Seigneur que plein de foi je prie,
Ma vive gratitude et mon sincère amour. —

Puisse tes jours si chers être exempts de souffrance,
Les peines, les chagrins, inconnus à ton cœur,
Et le ciel ici-bas, comblant mon espérance,
Te donner à jamais, prospérité, bonheur !...

A MONSIEUR L'ABBÉ D...

Lorsque Jésus vivait, sans cesse à ses apôtres,
Dont les vertus, hélas! sont loin d'être les vôtres,
De parole et d'exemple avec autorité
Il prêchait le pardon, l'oubli, la charité.
Vous, que de ses autels le hasard a fait prêtre,
Qui le nommez souvent votre bien-aimé maître,
Des larmes dans la voix, et sa croix à la main,
Pourquoi ne suivez-vous ici-bas son chemin?
Pourquoi quand il nous dit de pardonner l'offense,
Quand de rendre le mal il nous fait la défense,
Qu'à celui qui retient il dit de retenir,
Quand on doit oublier pourquoi vous souvenir?
Lorsque pour ses bourreaux, le Sauveur, au Calvaire
Expirant, implorait le pardon de son père;
Pourquoi poursuivez-vous sans honte et sans horreur
De votre injuste haine et de votre fureur,

Non pas qui vous trahit, non pas qui vous outrage,
Vous abreuve de fiel et vous crache au visage;
Non pas qui vous revêt de la robe des fous
Et vous perce les mains comme les pieds de clous;
Mais qui, soit en morale ou soit en politique,
N'a pas l'honneur d'avoir conscience élastique,
Ainsi que vous l'avez, cher abbé, si j'en crois
Et tout ce que j'entends et tout ce que je vois.

Si je vous parle ici sans détours et sans feinte
Et toujours, croyez-le, sans une ombre de crainte,
C'est que depuis longtemps, vous devez le savoir,
Vos œuvres, vos discours m'en ont fait un devoir.
Je ne suis point de ceux dont avec impudence
Vous pouvez exploiter la crédule ignorance.
Lorsque viendra pour moi le moment de mourir,
De me fermer le ciel ou bien de me l'ouvrir,
J'en ai le doux espoir et la ferme croyance,
A Dieu seul appartient le droit et la puissance.
Et nul autre que lui ne les saurait avoir;
Tout aussi bien que moi, vous le devez savoir.

Vous avez dit souvent, si j'ai bonne mémoire:

Aux pauvres le respect et l'amour et la gloire !

Car ils sont de Jésus les frères, les amis,

Et du ciel les trésors par Dieu leur sont promis.

Ayant ouverts en main la Bible et l'Evangile,

Vous avez dit encore qu'il est bien difficile

Aux riches d'avoir place aux banquets des élus

Où seules font s'asseoir souffrances et vertus.

Ce que vous enseignez ainsi dans votre église,

Le pratiquez-vous bien, parlez avec franchise ?

Pour le pauvre avez-vous ces égards, cet amour

Dont l'éternel bonheur doit être le retour ?

Pour cet argent, cet or, source de tant de crimes,

Et dont en si grand nombre on compte les victimes ;

Pour tous ces vains honneurs si dignes de mépris

Qui sont le plus souvent de la honte le prix ;

Pour ce froid égoïsme et pour cette ignorance,

Cause de tous les maux de notre chère France,

Oh ! je vous le demande au nom de l'Homme-Dieu,

Quels sont vos sentiments, ministre du Saint-Lieu ?

Puisque vous vous taisez pour vous je vais répondre,

7

En grâce vous priant de vouloir me confondre
Si je ne disais pas l'exacte vérité :
Bien que vous ayez fait le vœu de pauvreté,
Du malheureux toujours la voix vous importune
Autant que vous ravit celle de la fortune ;
De ses pauvres haillons vous dégoûte l'aspect,
Quand dentelles, velours vous inspirent respect ;
Hautain et dur pour qui s'arrête à votre porte,
Vous êtes humble et doux alors qu'on vous apporte ;
N'aimant pas à donner mais bien à recevoir
Sur vous l'argent et l'or ont absolu pouvoir
Attendu que sans eux on ne saurait rien faire
Et qu'ils sont, dites-vous, la clé de tout sur terre ;
Qu'on ne peut de Thémis un arrêt obtenir
Sans avoir de tous deux besoin de se munir ;
Que l'or, c'est la vertu ; la pauvreté, le vice ;
Que sans or il n'est plus de loi ni de justice.

Pour avoir des honneurs tout le monde prétend
Que des sauts d'arlequin vous feriez le plus grand ;
Qu'au besoin, vous savez avec intelligence
Vous montrer inflexible ou rempli d'indulgence ;

Que vous faites la roue à la perfection
Toutes les fois et quand s'offre l'occasion.
D'Harpagon vous sachant le disciple fidèle,
De l'égoïsme en vous voyant le vrai modèle,
Ainsi que vous l'avez plus d'une fois compris,
Pour vous sous le respect se cache le mépris.
Et vous avez souvent trouvé de la Satire
Le mordant aiguillon dans un charmant sourire.

Certain que l'ignorance et la crédulité
Sont la source et l'appui de votre autorité,
Faisant taire la voix de votre conscience,
Sans honte, du progrès comme de la science
Après vous être fait le zélé détracteur,
Vous êtes devenu l'ardent persécuteur.
Mais vains sont les efforts de votre aveugle rage
Car science et progrès, bien armés de courage,
Marchent la palme en main et les bras étendus,
Se riant des écueils sur leur pas répandus.

Du Dieu de vérité cessant d'être le prêtre
Vous avez bien des fois daigné le reconnaitre;

Et du haut de la chaire et du pied de l'autel

Sans crainte et sans remords fait au mensonge appel,

Poussé par votre haine et par votre vengeance,

Dont les saintes fureurs vont jusqu'à la démence,

Et qui poursuivent même au-delà du cercueil

Ceux pour qui devoir fut d'abaisser votre orgueil.

Cher abbé, me lisant, vous aurez, je l'espère,

La preuve que je suis comme toujours sincère ;

Et que nul, mieux que moi, ne vous a fait l'honneur,

Et ne s'est procuré le bien réel bonheur,

De vous dire qu'en vous rien ne fait reconnaître,

Votre habit excepté, de Jésus-Christ le prêtre.

A MONSIEUR L'ABBÉ TRIBAULET

VICAIRE DE LUSSAC.

———

Ayant auprès de moi complaisant secrétaire,
J'utilise sa plume en venant, cher vicaire,
Vous exprimer les vœux que pour votre bonheur,
Sincère et confiant, adresse au Ciel mon cœur.
Soyez bien convaincu que, malgré mon silence,
Pour lequel je réclame une entière indulgence,
Je n'ai point oublié votre accueil généreux,
Dont je conserverai le souvenir heureux,
Pour y puiser parfois, aux heures de souffrance,
La force, le courage, ainsi que l'espérance.

Sous votre ciel natal viendrez-vous faire un tour ?
Ou bien en êtes-vous, bon abbé, de retour ?

Pour moi, j'y reviendrai passer huit jours, j'espère,

Lorsque le temps sera devenu moins sévère,

Et que de tous les crûs les vins jeunes et vieux,

Paysans et bourgeois, se vendront un peu mieux.

Tout aussi bien que moi, vous le savez, je pense,

Quand se vident ses chais le médocain dépense,

Et sait, lorsqu'il le faut, mettre au gousset la main.

Ménager de nature, il a le cœur humain.

Tout d'abord réservé, bientôt il s'abandonne

Et toujours l'amitié qu'il cherche et qu'on lui donne

Sait trouver dans son âme, exempte de détour,

D'affection sincère un généreux retour.

En le jugeant ainsi dans le vrai je crois être.

Du reste, mieux que moi vous le devez connaître,

Puisque, grâces à Dieu, de naissance et de cœur,

D'être fils du Médoc vous avez le bonheur.

Comme vous le savez, le but de mes voyages

Est, Sort le veut ainsi, de placer mes ouvrages.

Donc, avec soin je dois sans relâche choisir

Les moments opportuns afin de les saisir.

Le comment, le pourquoi, vous devez le comprendre.

En tout temps et partout (je ne crois vous apprendre
Rien que vous ne sachiez déjà de longue main)
On doit être prudent se mettant en chemin.
Qui s'embarque au hasard à naufrager s'expose :
Mes souvenirs, hélas! en savent quelque chose.
En campagne on n'achète, ami, c'est entendu,
Qu'autant qu'on a soi-même à sa guise vendu ;
Surtout quand il s'agit, pour les propriétaires
Même les plus lettrés, d'ouvrages littéraires,
Dont leurs vignes, leurs champs, qui sont tout leur espoir,
De se priver souvent leur impose devoir.
Désirant faire au moins mes frais qui sont immenses,
Vu de ma cécité les dures exigences,
Je veux, s'il m'est possible, attendre des beaux jours,
En faisant vers nouveaux, l'efficace concours.

Ah! puissent avec eux revivre les affaires
Qui du bonheur public sont les dépositaires !
Ce sont elles qui font le pain du travailleur,
Qui, le gagnant, le trouve et le mange meilleur !
Infaillible remède à nombre de souffrances,
Et, cher abbé, pour tous ayant des espérances,

Elles sont le soutien des trônes et des rois,
Par leur chûte, on l'a vu, renversés quelquefois
Bien qu'ayant des soldats riches d'expérience,
Des ministres zélés et de grande science.
Aux peuples, le commerce avec la liberté
Donnent toujours la paix et la prospérité.

Je serai, malgré tout, avant les hirondelles,
Qui sont du doux printemps les amantes fidèles,
Dans votre bon Médoc où je passe toujours
Des semaines, des mois qui me semblent des jours.
Peut-être au Carnaval si, comme je l'espère,
Mon guide fait visite au foyer de son père,
J'irai faire à Soulac, dont j'aime le grand air
Et l'église, et la plage, et les pins, et la mer,
Un voyage promis à l'amitié bien tendre
Du premier Médocain dont le cœur sut m'entendre.
Aux amis de Lesparre, en allant, au retour,
Je dirai, c'est probable, un tout petit bonjour.

Deux mots de souvenir et de reconnaissance
A tous ceux dont, par vous, j'ai fait la connaissance,

Et qui m'ont, à Lussac, daigné tendre la main.

Puisse, exauçant mes vœux, Dieu, de votre chemin

Avec soin écarter les peines, les souffrances,

Et de votre avenir combler les espérances !

A MONSIEUR L'ABBÉ P...

J'ai reçu ce matin votre longue missive,
Laquelle est d'après moi beaucoup trop incisive.
Je dois vous avertir en véritable ami,
Que, dans vos intérêts comme dans ceux aussi
De la religion dont vous êtes le prêtre,
Il vous faut bien garder de la faire connaître ;
De crainte que, plus tard, on ne sache avec soin
En user contre vous, si le veut le besoin.

Cher abbé, croyez-moi, dans le siècle où nous sommes,
Jaloux, méchants et faux comme le sont les hommes,
Ainsi que le renard il faut être prudent,
Et, ne pas se montrer par trop indépendant.

Lorsqu'on a, comme vous, le rare bonheur d'être
Du Dieu de Bethléem le saint et digne prêtre,

Quand on n'immole point à la terre les cieux,

Et qu'on ne peut fermer et la bouche et les yeux,

Dans un hameau désert oublié l'on demeure,

Et d'avance jamais on n'entend sonner l'heure,

Ainsi que vous devez vous en apercevoir.

Mais, courage ! toujours faites votre devoir ;

Ne désespérez point ; le jour viendra peut-être

Où de vous bien comprendre et de vous bien connaître

On aura le regret ainsi que le bonheur :

Et c'est, bien cher ami, le désir de mon cœur.

A MADAME Vve J...

———

Pour l'accueil franc et généreux.
Qu'à tous égards je suis heureux
D'avoir trouvé chez vous, madame ;
Et que pour l'aimer, le bénir,
Gardera dans son souvenir
La gratitude de mon âme ;

En retour du bouquet charmant,
Qu'avec si noble empressement,
Cueillit sous votre regard, celle
A qui revient, j'en ai l'espoir,
Le droit comme l'honneur d'avoir
Le nom si doux de Philomèle ;

Que puis-je vous offrir, hélas!
Rien que le temps n'efface pas

Tout ayant fin sur cette terre ;
Non, rien, si ce n'est de mon cœur,
Et je vous l'offre avec bonheur,
L'affection tendre et sincère.

RÉPONSE A UN AMI.

J'ai reçu, cher ami, votre charmante lettre,
A laquelle je veux répondre dès ce soir.

Tout d'abord il vous faut s'il vous plaît me permettre
(Chose que vous ferez, j'en ai le doux espoir)
D'exprimer franchement le fond de ma pensée,
A l'égard du neveu de votre oncle François,
Comme aussi de sa lourde et grasse fiancée,
Dont tout le mérite est, comme vous je le crois,
D'avoir les bons écus trouvés au presbytère
De ce digne pasteur qui de la charité
Fut cru jusqu'à sa mort le bon ange sur terre
Et dont le dévoûment partout était cité.

En secret, disait-on, sa bienfaisance active
Donnait à pleines mains à bien des malheureux

Dont il connaissait seul la misère craintive
Et pour lesquels surtout il était généreux.

Souffrir et n'avoir pas la force de se plaindre ;
Dans l'ombre et le silence étouffer ses douleurs ;
Manquant de pain parfois, se résigner et craindre
De laisser entrevoir ses chagrins et ses pleurs :
Tels étaient ceux qu'aimait à secourir sur terre
Ce prêtre dont chacun exaltait les vertus ;
Et qui, dans le tiroir de son vieux secrétaire,
En mourant, a laissé billets, papiers, écus,
Pour trente mille francs ; humble et modique somme
Que dans sa prévoyance, avec un pieux soin,
Songeant à l'avenir, conservait le saint homme,
Pour ses pauvres honteux dans un pressant besoin.

Cher ami, je le vois, j'abandonne la route
Qu'ensemble nous devons parcourir aujourd'hui.
Laissons dormir en paix celui que Dieu, sans doute,
Jugera mieux que nous, et prions-le pour lui.

Revenons au neveu de l'oncle qui vous aime

Et qui par votre cœur est payé de retour.

Pour moi, votre cousin est loin d'être un problème

Et je l'ai bien compris, je crois, le premier jour.

Fat et bouffi d'orgueil, l'aisance de son père

Lui permet de bien vivre, une canne à la main :

Chose heureuse pour lui puisqu'il ne sait rien faire

Que tenir un fusil et boire de bon vin.

Que dis-je ? Il ne sait rien ! Mieux que tous il sait rire,

Se friser la moustache et sa pipe fumer,

Et toujours et partout, si l'on en croit son dire,

(C'est étrange, mais vrai !) d'abord se faire aimer.

Il est à tous égards (évidente est la chose !)

Un fort joli garçon et ne l'ignore pas.

C'est un blond magnifique, au teint frais et bien rose,

Qui sait se présenter sans le moindre embarras.

En ce qui touche, ami, le manque de franchise

Que vous lui reprochez, je vous crois dans l'erreur.

Permettez que bien haut ici je vous le dise :

Votre cousin possède un loyal et bon cœur.

Dévoué, généreux, je le crois incapable

De mentir un instant aux lois de l'amitié ;

Il ne peut, le sachant, être de cœur coupable.
Sur son compte, en ce point, soyez juste à moitié ;
Et reconnaissez-lui ce que chacun lui donne :
Un cœur sensible et bon, sincère, aimant et doux,
Qui naturellement s'attache et s'abandonne,
Et de rendre service est heureux et jaloux.

Si, comme je le crois (chose que je déplore !)
Votre cousin a pu manquer à son devoir
Envers vous ; cher ami, je le répète encore,
Il l'a fait, mais bien sûr sans s'en apercevoir.
Hélas ! vous le savez, faute d'intelligence,
On parle bien souvent à tort comme à travers.
Au nom de l'amitié ! pardonnez une offense.
Qui naît de quelques mots répétés à l'envers ;
Où que n'ont pas voulu peut-être bien comprendre,
Pour certaines raisons que je ne puis prévoir,
Ceux à qui le hasard permit de les entendre,
Et pour lesquels se taire était un vrai devoir :
Car ils savaient fort bien de la peine vous faire,
Venant, réels ou faux, vous porter des discours
D'un ami, d'un parent que d'amitié sincère
Vous aimiez et devez, je crois, aimer toujours.

8

Allons ! j'en ai l'espoir ; à mon prochain voyage,
Vous aurez du passé fait un juste abandon.
De vous voir désunis je n'aurais le courage.
Donnez-vous au plus tôt le baiser du pardon !

A M. Donis, curé de Saint-Louis,

et a M. Gaussens, curé de Saint-Seurin.

———

Bienheureux les pauvres d'esprit,
A dit Jésus notre bon maître;
Qui lui-même s'est fait petit
Pour nous apprendre à le connaître.

Oh! qu'il est grand celui qui l'imite en ce point!
Qui comme lui s'abaisse,
Ouvre son cœur, et ne croit point
Que pour lui seul est sa richesse.

Il est grand comme le soleil,
Qui tous les jours dès son réveil
Répand ses biens sur toute la nature,
Et ne réserve pour sa part

Que de jeter un doux regard

Sur les champs et sur la verdure,

Où niche le petit grillon,

Qui tous les jours de sa chanson

Vient l'égayer à son passage.

Oh ! qu'il est grand, oh ! qu'il est sage !

Celui qui dans les biens que Dieu lui départit

Voit ceux du genre humain ; c'est lui que Dieu bénit,

Car de Dieu même il est l'image.

Il est le bon pauvre d'esprit,

Celui qui des trésors de son intelligence,

N'amasse point pour lui la somme immense ;

Mais avec tous en partage le fruit.

A MADEMOISELLE M...

Si de vous voir je n'ai pas le bonheur
Dieu m'a donné celui de vous comprendre,
Dans votre esprit comme dans votre cœur.
Est-il pour moi rien de plus à prétendre?

A Clovis Besson.

Hier j'ai reçu, mon cher Besson,
Votre bouquet que nul n'efface.
Vous permettrez que je vous fasse,
A ce propos, et sans façon,
Une courte et bonne leçon,
Entre amis, sans plus de préface.

Pourquoi ce bouquet-monument?
Pourquoi cette folle dépense?
Croyez-vous donc que mon cœur pense
A métrer votre attachement
Sur le grand développement
D'un cadeau dont il vous dispense?

Quelques vers, — quatrain ou sonnet —
Ainsi que vous savez les faire

Quand vous voulez me satisfaire ;
Puis un simple petit bouquet,
Non pas superbe ni coquet ;
Auraient bien mieux fait mon affaire.

Aux Grecs, jadis, Lycurgue apprit
Que l'on doit puiser dans la bourse
Contenant le plus de ressource :
(Dans ses lois au long c'est écrit.)
Ne puisez donc qu'en votre esprit.
C'est une intarissable source.

Et d'ailleurs, ce bouquet charmant,
Mais contre lequel je réclame,
Convenait mieux pour une femme
A laquelle un fidèle amant
Atteint d'un amoureux tourment
Aurait voulu peindre sa flamme.

La rose veut dire : *beauté* ;
L'œillet : *amour vif et sincère;*
L'héliotrope : *en toi j'espère;*
Le jasmin : *amabilité;*

Et l'oranger : *virginité!*
Quand je pourrais être grand'père !

Le réséda : *tes qualités*
Sont bien au-dessus de tes charmes;
Et la verveine : *tu me charmes*
Par tes mille et mille bontés.
Cher Besson, à ces vérités
Vous voudrez bien rendre les armes.

Maintenant, que j'ai bien grondé
Contre le vieil enfant prodigue,
Pour tâcher de mettre une digue
A son cœur toujours débordé,
J'abandonne le ton guindé
Moitié raisin et moitié figue.

Et je vous dis cent fois merci
De ne pas oublier la fête
De celui qui vous la souhaite,
Comme vous, de tout cœur aussi. —
— Puissiez-vous, libre de souci,
Du bonheur atteindre le faîte !

Pour faire cette ascension,
Où tant de monde se rebute,
Que votre esprit point ne se butte
Aux motifs d'irritation
Auxquels votre position
Met souvent votre cœur en butte.

Sachez vous poser vaillamment
Ce problème : — Sévère étude ! —
« *Du bonheur dans la servitude* »
Et le résoudre lentement.
Lors, vous verrez que simplement
Le bonheur est dans l'habitude.

Voulant terminer mon caquet
Par des paroles bien troussées,
Je reviens à vos fleurs froissées : —
— Quand ma raison les critiquait
Mon cœur extrayait du bouquet
Toutes vos charmantes pensées.

E. R.

TABLE